Ce livre appartient à :

Nom :

_____

_____

Adresse :

_____

_____

_____

Offert par :

_____

le _____ 201...

martine

à la mer

d'après les albums de Gilbert Delahaye et Marcel Marlier

Comme chaque année,
Martine vient passer
des vacances à la mer
chez son oncle
François. Son amie
Nicole l'accompagne...
et Patapouf, bien sûr !
Quelle joie
de retrouver
son cousin Michel !

8

Sur la plage, on fait la course. Qui sera le premier à l'eau ? Martine n'enlève même pas sa robe, les vagues l'éclaboussent. Michel a apporté son voilier, il flotte comme un vrai navire.

L'après-midi, Martine
et Nicole reviennent
à la plage.

— Nous allons faire un
château de sable !
propose Martine.

— Nous le décorerons
avec des coquillages !
suggère Nicole.

Mais la marée monte,
le château est rapidement
envahi d'eau.

— Tant pis ! Prenons
plutôt notre filet !
Nous allons rapporter
des crevettes à l'oncle
François, dit Martine.

— Oh, il y a même un
crabe, s'émerveille Nicole.

— Ohé, les filles, crie
Michel. Il faut rentrer
maintenant ! Califourchon,
l'âne plus doux qu'un
mouton, va vous ramener
à la maison ! Demain, nous
irons jouer dans les dunes.

Les dunes sont hautes
comme des montagnes !
— Nous allons creuser
un trou. Ce sera notre
maison secrète, propose
Nicole.
— Nous y cacherons
tous les trésors que nous
trouverons au bord de
l'eau, ajoute Martine.

— En avant, pour
la collecte des plus
jolis coquillages !
Mais Patapouf,
espiègle, s'est amusé
à enfouir le butin
dans le sable.
— Coquin de pirate !
gronde gentiment
Martine.

19

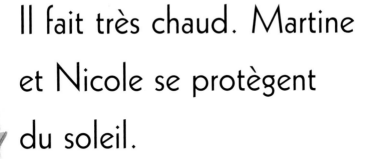

Il fait très chaud. Martine
et Nicole se protègent
du soleil.
Heureusement, le marchand
de glaces arrive.
— Et un petit biscuit,
si Môsieur veut bien faire
le beau !

Le lendemain, il y a
grand vent.

Les enfants essaient
le cerf-volant de Michel.
Pas facile !
— Holà, mon chapeau,
s'écrie tout à coup Nicole.
Attrape-le, Patapouf,
attrape-le !

Le jeudi, Martine va faire
des emplettes au marché
de la ville. Tout le monde
la connaît.

— Bonjour Martine, cela
fait plaisir de te revoir.
Tu as grandi depuis
l'année passée !

Martine est en effet assez
grande maintenant pour
repeindre le bateau
de l'oncle François.
Celui-ci a encouragé
les enfants :
— À trois et avec un peu de
patience, vous y arriverez...
et je vous promets une
surprise d'ici quelques jours !

Oncle François a donné
un petit coup de main
mais les enfants ont quand
même reçu leur cadeau :
une promenade en mer !

Le moteur se met en marche,
le bateau commence à danser
sur les vagues. Le cœur de
Martine bat très vite.
Mais Oncle François est un
bon marin, il tient
le gouvernail avec assurance.

Après une longue
escapade, le bateau
fait demi-tour.
La nuit tombe déjà.
On voit au loin
la lueur du phare.
– Demain, je vous
emmènerai là-bas,
promet l'Oncle François.

Tout là-haut, le vent
souffle, il faut bien
se tenir au parapet.
— Regarde, d'ici,
le bateau de l'oncle
François ressemble à
une coquille de noix !
— Et Patapouf à
une pelote de laine,
sourit Nicole.

33

Quelques jours plus tard,
dans une longue lettre,
maman annonce
son arrivée.
Les vacances sont déjà
terminées !
— Avant de partir,
nous irons visiter le port,
propose l'Oncle François.

Quelle animation! Dans le port, les camions roulent, les grues déchargent les navires venus de tous les pays du monde.
Ouh là là. Il faudra revenir pour découvrir tout cela.
— Au revoir à tous, crie Martine, à l'année prochaine !

http://www.casterman.com
D'après les personnages créés par Gilbert Delahaye et Marcel Marlier / Léaucour Création.
Achevé d'imprimer en août 2010, en Chine. Dépôt légal : mai 2011 ; D. 2011/0053/086.
Déposé au ministère de la Justice, Paris (loi n° 49.956 du 16 juillet 1949
sur les publications destinées à la jeunesse).
ISBN 978-2-203-03991-9